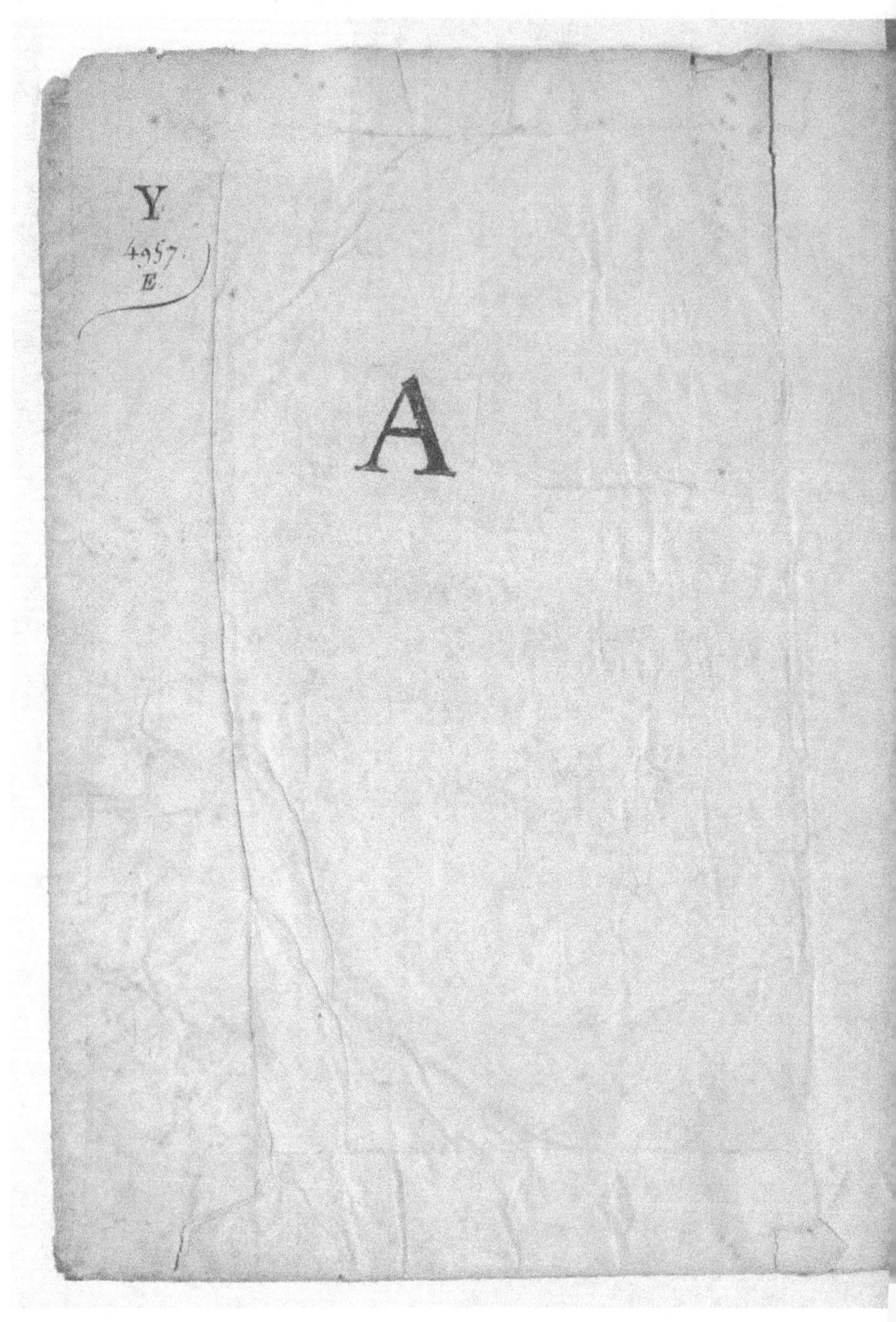

A

POEME
SVR
LA VIE
DE
IESVS-CHRIST

A PARIS,

Chez **IEAN CAMVSAT**, rue sainct
Iacques, à la Toyson d'Or.

M. DC. XXXIIII.

AVEC PRIVILEGE DV ROY.

PREFACE.

E langage magnifique & fi-
guré de la Poësie ayant sans
doute quelque majesté pro-
portionnée a l'eminence des
actions heroiques; c'est vne
heureuse rencontre de ce
que plusieurs excellens Es-
prits quittent maintenant pour vn sujet si
noble les illusions de l'amour profane. Il est
raisonnable qu'ils celebrent les loüanges des
Conquerans & des plus grands personnages
de leur siecle: mais il seroit à desirer que ceux
qui ont tant de soin de rendre ce qu'ils doiuent aux creatures, eussent la mesme passion
de s'aquitter de ce qu'ils doiuent au Createur.
Estans si fertiles en conceptions pour loüer les

vertus limitées des hommes, aprehenderont-
ils d'estre steriles en parlant de la puissance in-
finie de Dieu? & les Muses qui durant qu'elles
estoient Payennes chantoient auec tant d'art
& de graces la fausse gloire de leurs Dieux,
perdront-elles en deuenant Chrestiennes ces
ornemens & cette pompe si conuenables a
l'eternelle Majesté que nous adorons ? Il faut
au contraire que cét incomparable objet les
esleue au dessus d'eux-mesmes & leur inspire
des penseés dignes de sa grandeur incompre-
hensible.

En tous les autres sujets d'escrire, cette ge-
nereuse liberté de la Poesie se trouue resser-
rée dans certaines bornes; & quand mesme
elle veut publier les merueilles de la vie d'vn
Prince, que la Prudence & la Iustice condui-
sent en toutes ses entreprises, & que la Fortune & la Victoire ne se lassent iamais d'accom-
pagner dans les conquestes & les triomphes;
encores qu'il semble qu'elle puisse lors s'aban-
donner entierement à la belle fureur qui la
transporte; il faut auoüer neantmoins qu'elle
a besoin de se retenir, de peur qu'en donnant
aux Roys tout ce que le comble de la gran.

deur humaine peut receuoir d'honneur & de gloire, elle ne paſſe juſques aux loüanges qui n'appartiennent qu'au Roy des Roys.

Mais ceux qui conſacrent leurs plumes à Dieu peuuent ſans crainte deſployer toutes les forces de leur eſprit: rien ne leur ſçauroit donner de bornes dans vn champ qui n'en a point; tout y eſt infiny, eternel, adorable; la perfection y conſiſte en l'exces; & cêt exces meſme eſt tousjours beaucoup au deſſous de la verité.

Ceux qui ſe plaiſent à faire des vers deuroient donc choiſir principallement des ſujets de pieté, & il y a dequoy s'eſtonner que plus de perſonnes n'y trauaillent en vn temps ou nous auons pour exemple celuy qui poſſede ſi dignement la qualité de Chef de l'Egliſe. Qui ne ſçait que ce Paſteur ſouuerain des ames joint aux ſacrées occupations de la premiere charge du Monde, le ſoin de nous faire voir les miracles de la Diuinité dans ſes illuſtres ouurages, où la foy triomphe de l'idolatrie par les myſteres de noſtre Religion, & Rome ſe void encore triomphante par la magnificence de ſes vers.

* iij

Ces raisons m'ayant fait cognoistre que les charmes de la Poesie peuuent estre rendus vtiles en les employant a des choses saintes, i'ay creu qu'on ne me blasmeroit pas si ie meslois ma voix, bien que tres-foible, auec ceux qui chantent les loüanges de Dieu. Et entre diuers sujets qui s'offroient a moy, i'ay pris celuy de la vie de Iesus-Christ, comme le plus capable d'arrester les esprits des Chrestiens, en leur mettant deuant les yeux ce tableau des actions miraculeuses qu'il a faites pour nostre salut.

Ie voulois prendre pour titre, Stances sur la vie de Iesus-Christ: mais a cause que ce nom de Stances conuient proprement aux escripts qui n'en ont que peu; Que lors qu'il y en a plusieurs on leur donne le nom d'Ode, & qu'il ny auroit point d'apparence d'appeller Ode vn ouurage de prés de mille vers: I'ay creu estre obligé de luy donner le tiltre, non pas de Poeme de la vie de Iesus-Christ, ce qui marqueroit vn Poeme heroique, & ne conuiendroit nullement a celuy cy; mais de Poeme sur la vie de Iesus-Christ, ce qui môntre que c'est beaucoup moins.

Ie ne doute point qu'il ne se trouue grand
nombre de fautes en cêt ouurage: Aussi suis-
je bien esloigné d'en pretendre aucune loüan-
ge: ie m'estimeray assez fauorisé pourueu que
l'on aprouue mon intention, & plus heureux
que ie ne merite si quelqu'vn en tire de l'vti-
lité.

POEME
SVR LA VIE
DE
IESVS-CHRIST.

I.

IE chante les trauaux du Sauueur de la Terre,
Qui descendit du Ciel pour dompter les Enfers,
Qui se rendit captif pour nous tirer des fers,
Et nous donna la Paix en se faisant la Guerre;
De la Mort en mourant il mit l'Empire à bas,
Il conquit l'Vniuers par ses sanglans Combats,
Et choisit en la Croix le champ de sa Victoire;
L'inuisible Soleil fut visible à nos yeux,
Et pour nous couronner des rayons de sa gloire
Vn Dieu s'estant fait Homme il fit les Hommes Dieux.

A

II.

Fabuleuſes Beautez, de mille attraits parées,
Dont l'agreable erreur enchante les mortels,
Muſes, a qui la Grece éleua tant d'autels,
Profanes Deitez, ſur Parnaſſe adorées ;
Eloignez vous de moy fantoſmes odieux,
Ie conſacre ma Lyre au Chef-dœuure des Cieux,
Et ie veux du Ciel meſme emprunter ſes loüanges ;
Eſprits, que l'Eſprit Saint remplit de ſes douceurs,
Chantres, qui compoſez les Neuf Ordres des Anges,
C'eſt vous ſeuls que j'inuoque, & non pas les Neuf Sœurs.

III.

Lors que Dieu par ſa voix ſi feconde en merueilles
De rien fit en ſix jours tant d'ouurages diuers,
Et pour donner vn Maiſtre à ce grand Vniuers
Verſa deſſus Adam ſes graces nompareilles ;
L'Ange par ſon orgueil du Ciel precipité
Voyant d'vn œil jaloux noſtre felicité
Vint ſeduire la Femme en luy montrant la Pomme ;
Dans ſon credule eſprit ſes charmes il répand ;
Elle eſcoute, elle peche, elle fait pecher l'Homme,
Et jette dans ſon cœur le venin du Serpent.

IIII.

En ce premier estat d'vne heureuse innocence
L'Aurore seulement eust espanché des pleurs,
Vn Printemps eternel eust fait naistre des fleurs,
Et surmonté l'Automne en sa riche abondance ;
Nous aurions sur nos sens veu regner la Raison
Comme au poinct du Midy l'on void sur l'horizon
Le Monarque du jour regner sur les nuages ;
Et l'Erreur maintenant guide nos actions,
Elle excite en nos cœurs de funestes orages,
Et nous assujettit au joug des passions.

V.

C'est icy, Createur des Hommes & des Anges,
Que par vn saint effort ton immense Bonté,
Pour reparer le mal de nostre impieté,
Tire de ses tresors des merueilles estranges.
Dans vos Antres bruslans, Demons, tremblez d'horreur,
Ceux que vous maistrisez auec tant de fureur,
En brizant leurs liens brizeront vos Idoles ;
Vn Enfant vient rauir le sceptre de vos mains,
Terre, ouurez vostre sein, Ciel, abaissez vos Poles,
Pour oüir les secrets du salut des Humains.

VI.

Quand du Premier Mortel la funeste insolence
De l'autheur de son estre alluma le courroux,
Et que dans son effroy la voix du Dieu jaloux
Luy prononça l'arrest de sa juste vengeance;
La Grace Originelle esteignit son flambeau,
Le Peché vint ouurir l'vn & l'autre tombeau,
La Terre à nostre corps, & l'Enfer à nostre ame;
Le Pere par sa mort fit mourir ses Enfans,
Les rendit heritiers de l'eternelle flâme,
Et veid de leurs malheurs les Demons triomphans.

VII.

Pour tirer l'Vniuers de cette horreur extréme,
Ta Iustice, ò Grand Dieu, cédant à ton Amour,
Dans ce nouueau Cahos tu fais naistre le jour,
Par vn nouueau Soleil qui reluit en toy-mesme;
Du profond de ton sein, de toute eternité,
Sans alterer en rien ta parfaite Vnité,
Procede ce Soleil qui t'égalle en puissance,
Qui regne comme toy dessus le Firmament,
Que tu nommes ton Fils, ton Verbe, ta Substance,
Et l'adorable Fruict de ton Entendement.

VIII.

Ainsi que des Gemeaux l'Estoile fauorable,
Quand les vents sont mutins & les flots insolens,
Fait paroistre aux Nochers ses feux étincelans,
Et leur promet la fin de leur sort deplorable ;
Telle vne Vierge illustre, en son clair Ascendant,
Du pouuoir de l'Enfer presage l'Occident
Par les brillans rayons de sa flâme si pure ;
Pour enrichir son Ame, & pour orner son Corps,
Le Ciel, les Elemens, la Grace, & la Nature,
Prodiguent à l'enuy leurs plus rares tresors.

IX.

Du sejour lumineux des voûtes azurées
Vn Messager qui luit à l'égal du Soleil,
Descend vers ceste Vierge, & d'vn vol sans pareil
Fend les Cieux, & les Airs de ses aisles dorées :
Il s'estonne à l'éclat de sa chaste beauté,
Iamais tant de douceur & tant de majesté
N'ébloüirent ses yeux par vn heureux mélange ;
Il contemple à ses pieds les Vices abatus,
Et void que sur la Terre elle paroist vn Ange
Dont le cœur est vn Throsne ou regnent les Vertus.

A iij

X.

Fille du Ciel, dit-il, à qui tout doit hommage,
Ie te viens annoncer que l'Esprit Eternel
Te fera conceuoir, en ce jour solemnel,
Le Dieu dont ma clairté n'est qu'vne foible image ;
Celuy de qui la foudre accompagne la voix,
Le Souuerain Seigneur des Anges & des Rois
Viendra comme en son Temple en tes chastes entrailles;
Sa Force & son Amour, par differens effets,
Feront voir aux Demons qu'il est Dieu des Batailles,
Et cognoistre aux Humains qu'il est Dieu de la Paix.

XI.

Elle admire en soy-mesme, a ce discours celeste,
L'incroyable pouuoir de sa fecondité,
Qui donnant a la Terre vne Diuinité
Destruira du Peché la puissance funeste.
Viuant Miroir, dit elle, ou reluit la splendeur
Du Maistre dont ie sers la supréme grandeur,
I'adore les decrets que fait sa Prouidence.
O diuine seruante! ô saint consentement!
Cest ta foy qui produit nostre vnique esperance,
Le Sauueur est conçeu dans cèt heureux moment.

XII.

Reyne de l'Vniuers , comment feray-ie entendre
Les honneurs qui sont deus a ton nom glorieux?
C'est de toy qu'on peut dire a la honte des Cieux
Que tu comprens celuy qu'ils ne peuuent comprendre.
Lors que pour releuer nostre espoir abatu
Il est besoin qu'vn Dieu d'vn corps soit reuestu,
Tu prens, Pere Eternel, cette pudique Mere ;
De nos maux par son Fils elle arreste le cours ,
Et Vierge produisant celuy qui t'a pour Pere,
Elle fait dans le Temps ce que tu fais tousiours.

XIII.

Ne sens-ie pas rauir mes yeux & mes oreilles,
Par les objets diuins de cette illustre Nuit ,
Qui de nos longs souhaits nous fait cueillir le fruit,
Et dont châque moment est remply de merueilles ;
Peuples , venez icy des lieux plus reculez,
Et voyez des Pasteurs à des Anges meslez
Adorer vn Enfant qui ne vient que de naistre ;
O Nuit qui dans ton ombre enfantes vn Soleil
Que le Flambeau des Cieux recognoist pour son Maistre,
Quel jour à ta noirceur sçauroit estre pareil?

XIIII.

On n'entend plus la voix de tant de sainćts oracles,
On possede celuy qu'on esperoit jadis,
Sans sortir de la terre on est en Paradis,
Nous auons icy bas la source des miracles;
Nos vœux sont exaucez, IESVS nous est donné,
La Mort ne regne plus, le Redempteur est né,
La Grace dans nos cœurs establit son empire,
Du Tyran des humains l'eclat est obscurcy,
Vn Dieu par ses faueurs son amour nous inspire,
Et le Ciel ne peut voir que ce qu'on woid icy.

XV.

En ce jour bien-heureux, Terre, choisis des Mages,
Et les plus grands tresors que porte l'Orient,
Cét Enfant merueilleux tesmoigne en souriant
Le plaisir qu'il reçoit de tes justes hommages;
Et toy, Ciel, dans tes champs, ou sur vn fonds d'azur
Luisent tant de flambeaux d'vn seu brillant & pur,
Allume pour IESVS vne nouuelle Estoile;
Il fault que l'Vniuers remply d'impieté,
De l'erreur des Faux Dieux dissipe en fin le voile,
En voyant du Vray Dieu paroistre la clairté.

XVI.

Quel orage, ô Seigneur, vient menacer ta teste?
Vn Tyran furieux de ta gloire jaloux,
Pour te donner la mort s'enflame de courroux,
Et fait auec horreur éclater sa tempeste :
Le fer fume a regret du sang des Innocens,
L'air s'émeut de pitié par leurs tristes accens,
Le jour pallit de crainte en voyant ce carnage,
Les bourreaux de frayeur sont eux mesmes surpris,
Et dans le desespoir d'vn si cruel outrage
Les meres jusqu'au Ciel font entendre leurs cris.

XVII.

Victimes de IESVS, bien que la destinée
Coupe dans le berceau la trame de vos jours,
L'Astre Pere du temps verra finir son cours,
Sans que vostre grandeur par les ans soit bornée ;
Le Monarque eternel vous prend pour ses enfans,
Vous estes de la mort a jamais triomphans,
Vous montrez aux Martyrs le chemin de la gloire,
Mille felicitez naissent de vos douleurs,
Les Anges dans le Ciel chantent vostre victoire,
Et presentent a Dieu vostre sang & vos pleurs.

B

XVIII.

A peine du Soleil la clairté vagabonde
Auoit, en produifant les mois & les faifons,
Fait douze fois le tour de fes douze maifons,
Depuis qu'vn Dieu pour nous defcendit dans le monde;
Quand c'êt autre Soleil jettant de toutes parts
Les rayons éclatans de fes diuins regards
Du vice & de l'erreur vint percer les tenebres;
Vn Enfant, ô merueille! enfeigne les Docteurs,
Confond le vain fçauoir qui les rendoit celebres,
Et des fages Vieillards fait fes admirateurs.

XIX.

Comme on void vn grand fleuue, en partant de fa fource,
Rouler dans vn lit d'or fes longs flots argentez,
Et trouuant des canaux fous la terre voûtez,
Difparoiftre a nos yeux au milieu de fa courfe;
Puis égaller l'orgueil d'vn rapide torrent,
Lors que de cêt abifme il fort en murmurant,
Ecume a gros bouillons, fe répand dans la plaine,
Et par vn nouueau cours groffi de cent ruiffeaux
Va porter dans la Mer, d'vne fuite foudaine,
Le tribut eternel que luy doiuent fes eaux.

XX.

'Ainsi de IESVS-CHRIST la grande renommée,
Qui faisoit éclater les prodiges diuers
Dont sa diuine enfance estonna l'Vniuers,
Dans vn profond oubly s'estoit comme abismée:
Mais quand ce Dieu mortel, par de secrets détours,
De six lustres entiers eut acheué le cours,
Il vint recommencer son illustre carriere,
Et plein de charité, par vn nouuel effort,
Répandit a grands flots la grace & la lumiere
Iusqu'au jour qu'il paya le tribut a la mort.

XXI.

'Auguste Precurseur, Sainct auant ta naissance,
Quel autre comme toy s'est veu fauorisé?
Ton Sauueur par tes mains veult estre baptisé,
Et faire par ta voix précher la penitence:
Mais cesse de parler, escoute vne autre voix,
Dont jusques dans l'Enfer on réuere les loix,
Qui l'appelle son Fils & son Amour extréme:
Et toy bien-heureux Fleuue, où vas tu si soudain?
Fault il pas qu'en ce jour de ta gloire supréme
L'Ocean vienne icy rendre hommage au Iourdain?

XXII.

Sors de l'eau, mon Saueur, le Sainct Esprit t'appelle
Au plus fameux combat qui se liura jamais,
C'est contre vn ennemy qui ne veut point de paix,
Et dont l'estre immortel rend la rage immortelle ;
Lors quil te void sujet a nostre infirmité,
Ce grand abaissement flatte sa vanité,
Et par vn tel objet son orgueil se redouble ;
Mais quand tu fais d'vn Dieu la puissance éclater,
Son esprit se confond, son jugement se trouble,
Et pour sortir de doute il ose te tenter.

XXIII.

Entre mille rochers, & mille precipices,
Vn Dezert effroyable & reculé du bruit
Egalle son horreur a l'horreur de la nuit,
Et du reste du Monde ignore les delices ;
Son aride sablon demande en vain des eaux,
Ses champs sans laboureurs, & ses prez sans troupeaux,
Sont couuerts en tout temps de funestes ombrages :
IESVS dans le milieu de cêt affreux sejour
Qui n'a pour habitans que des bestes sauuages,
Void deux fois le Croissant renouueller son tour.

XXIIII.

Le Demon qui d'orgueil acompagne sa crainte
L'aborde auec audace, & luy parle en tremblant ;
Des humains, luy dit il, le secours est trop lent
Pour soulager la faim sur ton visage peinte ;
Mais si dans le Soleil ton throsne est éleué,
Si dans l'eternité ton pouuoir est graué,
Si ton Pere est le Dieu qui s'arme du tonnerre,
Commande seulement, & lon verra soudain
Par vn diuin effet amollir ceste pierre,
Et prendre entre tes mains la nature du pain.

XXV.

IESVS respond ainsi de sa bouche adorable,
Quand l'excez de la faim reduit l'Homme en langueur,
Ce n'est pas le pain seul qui luy rend la vigueur,
Et luy donne au besoin ce secours fauorable ;
La Voix de l'Eternel le fait plus puissamment,
Elle a semé de feux l'azur du Firmament,
Elle a produit du jour la lumiere seconde,
Elle a reglé des Cieux les mouuemens diuers,
Elle a respandu l'Air sur la Terre & sur l'Onde,
Et tiré du Neant l'estre de l'Vniuers.

B iiij

XXVI.

Ces mots, en qui reluit la diuine sagesse,
Comblent d'estonnement cêt Esprit Infernal,
Tel que durant la nuit vn vaisseau sans fanal,
Il erre en ses desseins & cognoist sa foiblesse;
Sa fureur se r'anime, & plus prompt qu'vn éclair
Il emporte IESVS par les plaines de l'air
Sur le comble du Temple éleué dans la nuë:
Ne crain point, luy dit il, de te precipiter
Affin qu'auec éclat ta gloire soit cognuë
Quand les Anges du Ciel te viendront assister.

XXVII.

Apren, répond IESVS, que le Seigneur menace
Ceux qui pour le tenter hazardent leur salut,
Et qu'en donnant des loix sa justice voulut
Par l'effroy de la peine arrester leur audace:
A ces mots foudroyans & pleins de majesté
Le Demon sent de peur son esprit agité,
Et garde toutesfois son orgueil inflexible;
Par vn dernier effort, & d'vn rapide cours,
Il le mene au sommet d'vn mont inaccessible,
Luy montre l'Vniuers, & luy tient ce discours.

XXVIII.

Toutes ces Nations, dont le riche heritage
Rend par tant de beautez le Ciel mesme jaloux,
Au pied de mes autels flechissent les genoux,
Les Rois sont mes sujets, le Monde est mon partage,
Ie suis Dieu de la Terre, & j'enchaisne le Sort,
Mon sceptre est eternel, je regne sur la Mort,
Et les loix du Destin sont les loix que je donne ;
Admire mon pouuoir ; dois tu pas m'honorer ?
Pour monter sur mon throsne, & porter ma couronne,
Et pour estre adoré, tu n'as qu'a m'adorer.

XXIX.

Va, luy respond IESVS, va Seducteur infame,
Ton partage est l'Enfer, ton empire est la nuit,
Où le feu qui déuore est le Soleil qui luit,
Où ton sceptre te brûle, & ton throsne t'enflame ;
Sçache qu'il est graué sur des tables d'airain
Qu'on rende a l'Eternel vn honneur souuerain,
Et qu'on offre a luy seul ses vœux & son hommage :
Du Tonnerre grondant l'espouuentable bruit
Donne moins de terreur que ce diuin langage,
Tout le Dezert en tremble, & le Demon s'enfuit.

XXX.

Lors IESVS triomphant de l'Esprit Infidelle,
Quitte la solitude & va dans les Citez,
Son Amour infiny brille de tous costez,
Et fait voir aux humains sa puissance eternelle ;
Il esbloüit les yeux, & domine les cœurs ;
Ainsy des Nations les superbes vainqueurs
Sous leur joug glorieux les rendent tributaires ;
Mais par force a leur char les captifs sont traisnez,
Et IESVS est suiuy d'esclaues volontaires,
Que ses seules faueurs retiennent enchaisnez.

XXXI.

Iamais de tant d'épics vne plaine feconde
N'enrichit les guerets par des tuyaux dorez,
Iamais de tant de feux les Cieux ne sont parez
Quand le Roy des saisons se repose dans l'onde,
Et jamais le Printemps auec tant de couleurs
Ne compose l'émail de ses diuerses fleurs ;
Que IESVS de bienfaits est prodigue a nos ames,
Quil lance de rayons pour les illuminer,
Qu'a ses viues clairtez il adjouste de flâmes,
Et que d'honneurs diuins il les veut couronner.

XXXII.

Il fait a tous momens des Miracles estranges,
On void dessous ses pieds les Vagues s'affermir,
Lors qu'il tance les Vents ils n'osent plus fremir,
Lors qu'il parle aux Muets ils chantent ses louanges,
Sa voix aprend aux Sourds a distinguer les sons,
Sa voix des Possedez, fait sortir les Demons,
L'Aueugle par sa voix aperçoit la lumiere;
Et comme si les champs de manne estoient couuerts,
Cinq Pains & deux Poissons peuuent a sa priere
Repaistre tout vn Peuple au milieu des dezerts.

XXXIII.

Mais peut estre, Israel, pour t'obliger a croire,
Tu veux que de IESVS la sainte humilité
Ne serue plus de voile a sa Diuinité,
Et quil se monstre a toy dans l'estat de sa gloire;
Voy donc l'Astre du iour cacher ses tresses d'or
Quand cét Astre eternel paroist sur le Tabor,
Et joint a ses rayons, l'eclat de ses miracles;
Réueille ton esprit par vn puissant effort,
Et dressant a ton Dieu de sacrez Tabernacles
Imite vn grand Apostre en son heureux transport.

C

XXXIIII.

Quoy, pour te conuertir, faut il Peuple infidelle,
Que IESVS face encor que les ames des morts,
De la nuit des Enfers retournent dans les corps,
Et reuiennent au jour foudain qu'il les apelle?
Regarde le Lazare auec eftonnement,
Et voy que du profond d'vn affreux monument
Son cœur eft ranimé par l'autheur de la vie;
Si la voix des viuans n'a pas eu le pouuoir
De rendre a fa grandeur ta baffeffe afferuie,
Le langage des morts doit il pas t'efmouuoir?

XXXV.

Quel fi prompt changement, diuine Penitente,
Allume dans ton fein de nouuelles ardeurs?
IESVS, de tes parfums prife moins les odeurs
Que le zele enflammé que ta foy luy prefente;
Il ne peut refufer ton feruice & tes vœux,
Qui font en ondes d'or flotter tes beaux cheueux,
Pour effuyer fes pieds arroufez de tes larmes;
Par tes profonds foupirs fon cœur fe fent touché,
Ton extreme douleur luy fait quitter les armes,
Et ton extreme amour oublier ton peché.

XXXVI.

Prens exemple, ô Sion, a ceste pecheresse,
Et prepare a IESVS des triomphes nouueaux,
Qu'il marche sur des fleurs & non sur des rameaux,
Qu'il monte sur vn char & non sur vne asnesse;
Fay par tout éclatter ses honneurs immortels,
A son nom glorieux consacre des autels,
Et mets en son appuy ton esperance vnique;
Voy comme de clairtez il est resplandissant,
C'est ton Liberateur, c'est ton Roy pacifique,
C'est l'Arbitre du monde, & le Dieu tout puissant,

XXXVII.

Comme on void quand la nuit desuelope ses voiles,
Et dessus l'horizon vient regner a son tour,
Le Soleil au couchant faire luire le jour,
Et ses rayons paroistre au dessous des estoilles;
Ainsi de IESVS-CHRIST l'extreme humilité,
Apres tous ces honneurs deus a sa Majesté,
Prosterne sa grandeur aux pieds de ses Apostres;
Estrange abaissement! Amour prodigieux!
Souffrez plustost, Seigneur, que nous lauions les vostres
Des pleurs qu'vn saint regret fait tomber de nos yeux

C ii

XXXVIII.

Voicy l'heureux banquet ou ta magnificence
Paroist comme en son throsne auec ta charité,
Voicy le sacré nœud dont ta Diuinité
Nous veut vnir a soy d'vne estroitte alliance ;
A peine as tu finy les mots mysterieux
Qui produisent ton corps & ton sang glorieux,
Que nous te receuons tel que le Ciel t'adore ;
Nos sens nous font encor douter que ce soit toy,
Mais nostre esprit le croit, bien que nostre œil l'ignore,
Et c'est en ce combat que triomphe la Foy.

XXXIX.

Ou vas tu, mon Sauueur, le jardin des Oliues
N'a point de fruit pour toy qui ne deuienne amer ;
Là ton cœur agité s'enfle comme vne mer
Qui dedaigne le frein que luy donnent ses riues ;
La tristesse & l'amour, par leurs impressions,
Font sentir a ton corps l'effort des passions ;
Mais ton diuin esprit les domine & les calme ;
La terre, qui rougit de ton sang precieux,
T'offre au lieu de l'Oliue vne immortelle Palme,
Et pour te consoler vn Ange vient des Cieux.

XL.

Au trauers de la nuit tu t'auances perfide,
Apoftat malheureux, execrable Iudas,
Et pouffé du Demon tu marches a grands pas
Pour donner à IESVS vn baifer parricide;
Te fçauroit on nommer fans auoir de l'effroy?
Quel monftre fut iamais außi monftre que toy?
Quel crime à ta fureur peut eftre comparable?
O, Ciel, pour le punir, fay qu'il foit fon bourreau,
Enfer, viens engloutir fon ame abominable,
Et vous, cruels Vautours, feruez luy de tombeau.

XLI

Tandis qu'auec horreur je detefte ce traiftre,
Les troupes quil conduit emmenent mon Sauueur;
Genereux Seraphins qui brulez de ferueur,
Ou font vos Legions pour feruir voftre Maiftre?
Venez, diuins guerriers, foudroyer ces ingrats,
Dont la main facrilege oze enchaifner les bras
Qui des Poles du Ciel fouftiennent la balance;
Mais ce font des arrefts par luy mefme donnez,
Il veut pour nous fauuer oublier fa deffence,
C'eft pour fuiure fes loix que vous l'abandonnez.

XLII.

Apostre destiné pour gouuerner l'Eglise,
Et d'vne clef celeste ouurir le Paradis,
Ou sont ces mouuemens nagueres si hardis?
Est-ce ainsi que ta foy tous les dangers mesprise?
Comment souffrirois tu les tourmens de la croix?
Tu renonces ton Dieu pour la troisiesme fois,
Tant la peur de la mort a ton ame saisie:
Immuable constance, ou t'irons nous chercher,
Si la Pierre que CHRIST a luy mesme choisie
Est vn sable mouuant & non pas vn rocher?

XLIII.

Mais l'oiseau de l'Aurore, ô diuine merueille,
Par ses chants redoublez, en saluant le jour,
Réueille dans ton cœur ton languissant amour,
Dont l'ardeur maintenant se trouue sans pareille:
Pierre, ne crain plus rien, ton cuisant repentir
Est vn des fondemens sur qui Dieu veut bastir
L'edifice immortel de son Eglise sainte;
Il mesle heureusement l'amertume aux douceurs,
L'asseurance a la peur, l'esperance a la crainte,
Et ton peché t'aprend a plaindre les pecheurs,

XLIIII.

Desir ambitieux de regir les Prouinces,
Que sur les esprits vains ton empire est puissant,
C'est toy qui les contrains d'opprimer l'innocent
Quand sa mort peut seruir à la grandeur des Princes :
Pilate, pour IESVS tu donnes Barrabas,
Et ta foible raison apres diuers combats,
Trahit ses sentimens par la crainte du blâme ;
C'est ta voix qui le liure aux bourreaux inhumains ;
Miserable, crois-tu soüillant ainsi ton ame,
Te lauer de ton crime en te lauant les mains ?

XLV.

Mais icy mon esprit de cholere s'enflame,
Rien ne peut égaller le transport qu'il ressent
Lors quil void ô Seigneur, que ton sang innocent
Coule de tous costez, par vn suplice infame ;
Quoy, Tigres forcenez, vous osez déchirer
Ce saint corps que le Ciel fait gloire d'adorer,
Et sa mort est l'objet de vos rages brutales ;
Barbares furieux, Monstres dénaturez,
Vous sçaurez, dans l'horreur des peines infernales
Combien grand est celuy que vous défigurez.

XLVI.

Que la pourpre des Rois céde a cette écarlate
Que ces méschans, ò Dieu, te donnent pour manteau,
Ton sang fait qu'aujourdhuy le rubis est moins beau,
Bien que d'vn feu si vif a nos yeux il éclate;
Les Espines qu'on teint dans ce sang nompareil,
Effacent la splendeur des rayons du Soleil,
Et marquent sur ton front leur cruelle couronne;
Le Roseau que l'on t'offre est vn sceptre en ta main,
Il figure ton regne, & les ordres qu'il donne
Deuiennent les Destins de tout le Genre humain.

XLVII.

Ta charité, Seigneur, & nos pechez, te pressent
D'aller auec ardeur au deuant de ta croix;
Les Filles de Sion n'ont point besoin de voix
Pour montrer la douleur que leurs larmes confessent,
Des cœurs de diamant s'amolliroient ils pas
Lors qu'aux traces du sang on aperçoit les pas
Qui te menent au lieu de ton dernier suplice;
O victime d'amour, qui peut assez t'aymer?
Pour nous, non seulement tu vas au sacrifice,
Mais tu portes le bois qui te doit consumer.

XLVIII.

Montagnes, qui voyez, a vos pieds les tempestes,
Et qui portez si haut vos fronts audacieux,
Qu'ils mesprisent la terre & menacent les Cieux,
Venez, sousmettre icy vos orgueilleuses testes ;
Le Caluaire deuient le Roy de tous les monts,
Le seul bruit de son nom fait trembler les Demons,
Et remplit tous les cœurs de respect & de crainte ;
Dans la suitte des temps, mille Peuples diuers
Baizeront en pleurant cette montagne sainte
Pour adorer les pas du Dieu de l'Vniuers.

XLIX.

Nous voicy donc, Seigneur, a l'heure destinée
Par l'immuable arrest de la Diuinité,
Pour finir par ta mort nostre captiuité,
Et tenir des Enfers la puissance enchaisnée ;
Mes yeux, pourrez vous bien sans vous noyer de pleurs
De vostre Redempteur regarder les douleurs
Dont nos maux les plus grands ne sont que les figures ?
Pourrez vous, mon esprit, les voir sans vous troubler ?
Et pourrez vous bien croire, ò vous races futures,
Ce que jamais mortel ne dira sans trembler ?

D

L.

Celuy qui donne aux champs tant de moiſſons dorées,
Qui fait naiſtre les fruits ſous des ſeuillages verts,
Qui pare les oiſeaux de plumages diuers,
Et couure les poiſſons d'eſcailles azurées,
Ainſi qu'vn vermiſſeau ſe void ſans veſtemens,
D'vn inſolent meſpris on comble ſes tourmens,
Par vne cruauté qui toute autre ſurmonte;
Mais, Barbares, en vain vous faites ces efforts,
Il ne peut eſtre nud, puis que ſa chaſte honte
Comme vn voile de pourpre enuelope ſon corps.

LI.

O Croix, qui dans tes bras portes noſtre eſperance,
Toy de qui l'infamie eſtonnoit les mortels,
Tu ſeras deſormais l'honneur de nos autels,
Et de nos legions l'inuincible deffence;
Croix, ou le Dieu viuant ſe void le Dieu mourant,
Les Anges a l'enuy viennent en t'adorant,
De tes ſaintes grandeurs celebrer la memoire;
O croix, qui ſers de lyce au combat glorieux
Où mon Roy ſur l'Enfer emporte la victoire,
Tu n'es plus vne croix, mais l'eſchelle des Cieux.

LII.

Quand Dieu rompit les bords des fleuues de la terre,
Et les digues d'airain des mers du Firmament,
Son bras arma l'orgueil du liquide element,
Et fit qu'à la Nature il déclara la guerre;
Le Deluge vangeur ramena le Cahos,
Les monts furent couuerts de montagnes de flots,
L'eau prit l'air pour son lict, le Ciel pour son riuage;
La Lune dans son char craignit pour son flambeau,
Le Soleil qui void tout ne veid plus qu'vn naufrage,
Et du monde abismé la mer fut le tombeau.

LIII.

La Grace maintenant nous ouure ses fontaines,
Vn Deluge de sang vient finir nos malheurs,
C'est vn Dieu qui le verse au fort de ses douleurs,
Par autant de ruisseaux que son corps a de veines;
Cêt adorable sang peut seul briser nos fers,
Il penetre la terre & dompte les Enfers,
Il monte jusqu'au Ciel & fléchit sa cholere,
Son merite infiny vient nos crimes lauer,
Sur l'autel de la croix, le Fils l'offre a son Pere,
Vn Dieu nous vouloit perdre, vn Dieu nous veut sauuer.

D ij

LIIII.

C'est ton sang, ô IESVS, a nos maux secourable
Qui fait dans vn moment vn saint d'vn criminel,
Et le rend spectateur du triomphe eternel
Qui desarme la mort de son trait redoutable ;
A peine à t'il cognu ta haute majesté,
Qu'il passe du suplice a la felicité,
Et de l'extréme honte a la gloire supréme ;
Il embrasse auec foy l'heur que tu luy predis,
Il trouue en toy sa vie en mourant a soy-mesme,
Et te suit de la croix dedans le Paradis.

LV.

Mes yeux, si de vos eaux la source n'est tarie,
Mon cœur, si la douleur n'esteint vos sentimens,
Renouuellez vos pleurs & vos gemissemens
Afin de compatir aux trauaux de Marie ;
Iamais nul des viuans, dans l'horreur de la mort,
D'vn tourment si cruel n'a ressenty l'effort,
Ny mesmes les Martyrs au milieu des tortures ;
IESVS de cent bourreaux éprouuant la fureur,
En cent endroits du corps a receu des blessures,
Mais elle sans mourir les reçoit dans le cœur.

LVI.

Vn estat si funeste, vn sort si déplorable,
Attire de IESVS les yeux & la pityé,
Son mal acroist le sien, & jamais l'amityé
N'agit si puissamment sur son ame adorable;
D'vne bouche mourante il profere ces mots,
Reçois au lieu de moy, durant tes longs trauaux,
Pour Fils & pour appuy le Disciple que j'ayme:
O sauory d'vn Dieu, cesse de soupirer,
Puis qu'vn bien aussi grand que ton mal est extréme
T'esleue ou tes desirs n'oseroient aspirer.

LVII.

Tu ne peus trop benir ceste haute fortune
Qui te fait adopter, en ce jour sans pareil,
Par celle qui se pare auec l'or du Soleil,
Et marche sur l'argent du globe de la Lune;
Et toy qu'vn saint amour embraze de ses feux,
Vierge, ne doibs tu pas fauoriser nos vœux,
Puis que sans les pechez, dont nous sommes coupables,
Vn Dieu n'eust par sa mort fait viure les mortels,
Ny sousmis a tes loix ses grandeurs ineffables,
Qui font que nostre encens fume sur tes autels.

D iij

LVIII.

Mais je voy l'œil du monde obscurcy de tenebres
Plus sombre en son midy que dans le sein des eaux,
La nuit chasse le jour, & ses tristes flambeaux
Ne nous paroissent plus que des torches funebres;
Peuples, le Dieu viuant n'est pas loin du cercueil,
Desja tout l'Vniuers est tapissé de dœuil,
Le Ciel couure sa face & noircit ses estoiles,
La mort void en tremblant vn butin si nouueau,
Pour luy faire vn linceul le temple rompt ses voiles,
Et le marbre se fend pour luy faire vn tombeau.

LIX

Sacrileges autheurs d'vn si cruel suplice,
IESVS n'est plus sujet a sentir vos fureurs,
Allez dans les Enfers, entrez dans les horreurs
Que prepare pour vous l'eternelle justice;
Haste toy, mon Sauueur, dans ce dernier moment,
De prononcer la fin du sacré testament
Qui nous rend heritiers de l'Empire celeste,
Ton corps, dans les tourmens par l'amour abismé,
N'a plus rien de viuant que la voix qui luy reste
Pour dire a l'Vniuers que tout est consommé.

LX.

Voicy du Roy des Rois les tristes funerailles,
L'air se remplit de cris & de gemissemens,
Le terre de frayeur souffre des tremblemens,
Qui dechirent ses flancs & montrent ses entrailles ;
Vn jour meslé de nuit, par des rayons affreux,
Perce des monumens le voile tenebreux,
Et reueille les morts dans leurs demeures sombres ;
Ils se troublent de voir la lumiere des Cieux,
Et marchans a pas lents, leurs corps tels que des ombres
Etonnent des viuans & l'esprit & les yeux.

LIX.

Anges, prétez l'oreille aux accens de ma plainte,
Et joignant vos concerts a mes tristes accords,
Soupirez auec moy de voir ce diuin corps
Separé par la mort d'auec son ame sainte ;
Ses yeux n'ont plus de feu, leur éclat est esteint,
Les lys ont effacé les roses de son teint,
La majesté languit sur son front venerable ;
Mais la foy, dont la source est dans la verité,
Nous aprend que ce corps est toujours adorable,
Car toujours il est ioint a la Diuinité.

LXII.

Quand la profusion des plus puissans Monarques
Donneroit les tresors que les siecles passez,
Ont auec tant de soin l'vn sur l'autre amassez,
Et qui de leur grandeur sont de si belles marques ;
Que seroit-ce a l'égal de ce present sans prix ?
Pilate, que fais tu ? rapelle tes esprits ;
L'Eternel est viuant dans ce corps que tu donnes ;
L'ame qui l'animoit le va rendre immortel,
Le Ciel met a ses pieds ses plus riches couronnes,
Et se tiendroit heureux de luy seruir d'autel.

LXIII.

Disciple, quel nuage offusque ta pensee,
De mettre ton Sauueur au rang des autres morts,
Tu portes des parfums pour embaumer son corps
Dont l'auguste beauté te paroist effacée ;
As tu peur de le voir la pasture des vers,
Luy qui d'vne parolle a formé l'Vniuers,
Et rendu tous les Cieux d'vn estre incorruptible ?
Esleue ton esprit au dessus de tes sens,
Reuere de ton Dieu la puissance inuisible,
Et change par la foy cette mirrhe en encens.

LXIIII.

Si d'infinis plaisirs noſtre ame eſtoit rauie
Au jardin qui jadis fut l'image des cieux,
Qui par tant de beautez, ébloüiſſoit les yeux,
Et parmy tant de fruits portoit le fruit de vie;
Quelle eſt de ce jardin la gloire & l'ornement,
Ou je voy de IESVS le ſacré monument
S'ouurir pour receuoir ce dépoſt adorable;
Ce jardin plein d'appas nous apporta la mort,
Celuy cy dans ſon dœuil nous eſt ſi fauorable,
Qu'apres noſtre naufrage il deuient noſtre port.

LXV.

Mais lors que le tombeau nous couure ſes lumieres,
Les rayons éclatans de ſa Diuinité
Portent vn nouueau jour dedans l'obſcurité
D'ou ſon ame affranchit tant d'ames priſonnieres;
Ces fidelles Captifs en voyant leur Sauueur,
Par l'excez, nompareil d'vne telle faueur,
Se trouuent comme au Ciel dans le centre du monde;
Quel eſt, ô mon Eſprit, le maiſtre que tu ſers,
Puis que par ſa puiſſance en merueilles feconde
On void le Paradis au milieu des Enfers.

E

LXVI.

En ce jour glorieux, Ames prédestinées,
Tout cede a la grandeur de vos rauissemens,
Dont l'extrême bon-heur augmente les tourmens
Que souffrent pour jamais les ames condamnées ;
Vostre felicité les force a confesser
Que Dieu ne sçait pas moins les bons récompençer
Que punir des meschans l'audace & la malice ;
Et ces monstres d'orgueil, ces Anges odieux
Sentans par mesme objet acroistre leur supplice,
Redoublent leur fureur, & maudissent les Cieux.

LXVII.

Ie ne plains point, Seigneur, leurs peines effroyables,
Puis que leur insolence a méprisé tes loix,
Comme juste & puissant tu fais ce que tu dois
De ne pardonner pas a de si grands coupables ;
Ils s'égalloient a toy, qu'ils soient humiliez,
Que de cent nœuds de fer ils demeurent liez,
Qu'ils fremissent d'horreur au bruit de tes menaces,
Ainsi puissent vn jour ta cholere sentir
Tous les cœurs endurcis qui méprisent tes graces,
Et courent a l'Enfer plustost qu'au repentir.

LXVIII.

C'est assez, faire voir ta croix victorieuse
Dans ce triste sejour plain de gemissemens,
Il est temps que ton corps ayt les contentemens
Que luy veut redonner ton ame glorieuse ;
Souuent nous t'auons veu résusciter les morts,
Mais tu dois maintenant, par de plus grands efforts,
Faire vn miracle égal a ton pouuoir supréme ;
Mōntre nous aujourd'huy ta gloire sans bandeau,
Renais, Diuin Phenix, toy-mesme de toy-mesme,
Et pour voler au Ciel triomphe du tombeau.

LXIX.

Comme lors que la terre auec son voile sombre
Dérobe le Soleil a la Lune qui luit,
On void ceste Planette, au milieu de la nuit,
Perdre son teint d'argent, & se cacher dans l'ombre ;
Puis reprendre soudain ses beautez, & ses feux
Quand l'obscur element qui se trouuoit entr'eux
Ne couure plus l'objet qui produit sa lumiere ;
Et le flambeau du monde, en cèt heureux retour,
Luy rendre tant d'éclat pour fournir sa carriere,
Que l'Astre de la nuit semble l'estre du iour.

LXX.

De mesme, ô mon Sauueur, quand vne mort cruelle
Sépara sur la croix ton ame de ton corps,
Et rompit le concert de leurs diuins accords,
La nuit de ton cercueil sembloit estre eternelle;
Mais lors que triomphant de tant de maux souffers
Tu reuiens glorieux de dompter les Enfers,
Et que la mort par tout t'abandonne la place;
Ton ame sur ton corps élance des rayons
Qui d'vn si grand éclat font reluire ta face,
Que tous les feux du Ciel n'en sont que des crayons.

LXXI.

Anges, venez en foule adorer ceste pierre
Où le Dieu des viuans est Maistre de la mort,
Où d'vn affreux écueil il fait vn heureux port,
Et nous éleue au Ciel en sortant de la terre;
Cest le throsne brillant de gloire & de clairté,
Ou comme dans l'Olympe on void sa majesté
Luire auec le pouuoir sous qui l'Enfer succombe;
Et bien que vos regards n'en soient que les portraits,
Ceux qui s'estoient vantez de garder ceste tombe
N'en peuuent suporter les flámes & les traits.

LXXII.

Leur éclat est trop grand pour ees oiseaux funebres,
Mais auec la lumiere vn Aigle va venir,
Qui pourra de vos yeux les éclairs soustenir,
Magdelaine s'auance au trauers des tenebres;
Elle ne peut gouster le repos du sommeil
Tandis que le tombeau luy cache son Soleil,
Elle veut le trouuer, ou mourir pour le suiure,
Elle brule d'amour pour ses diuins appas,
Sans l'heur de sa presence elle ne sçauroit viure,
Et l'espoir seulement retarde son trepas.

LXXIII.

Anges, vos saints discours ne sçauroient par leurs charmes
Arrester ceste Amante & soulager son cœur,
Elle dédaigne tout, elle veut son Seigneur,
Et nul autre que luy ne peut tarir ses larmes;
D'vn zele plein d'ardeur son esprit transporté
N'ayme & ne cognoist point d'autre felicité
Que de voir la splendeur de l'Astre quelle adore;
Elle sçait qu'aujourdhuy, dans ce diuin réueil,
Lors quil sort du tombeau vous estes son Aurore,
Mais cét Aigle amoureux ne veut voir qu'vn Soleil.

LXXIIII.

Que ton amour est fort, celeste Penitente,
Il contraint ton Sauueur de se monstrer a toy,
Vois tu ce jardinier, cest l'objet de ta foy,
Tu demandes IESVS, luy-mesme se presente;
Si dessous cet habit tu ne le recognois,
Escoute le parler, n'entens tu pas sa voix,
Peut il nommer ton nom sans se faire cognoistre?
Dans cêt heureux transport je t'entens soupirer,
Tout ce que tu peux faire est de dire mon Maistre,
D'embrasser ses genoux, & de les adorer.

LXXV.

Que si de ton amour la force nompareille
Te môntre IESVS-CHRIST du tombeau renaissant,
Ie n'admire pas moins ce mouuement puissant
Par qui ta charité fait vne autre merueille;
Au lieu de t'arrester dans l'excez, des plaisirs,
Qui d'vn charme si doux flattent tes saints desirs,
Tu cours pour annoncer ceste grande nouuelle;
Les Apostres en vain te font perdre tes pas,
Pierre mesme en ce poinct semble encor infidelle,
Demeure, Magdelaine, ils ne te croiront pas.

LXXVI.

Venez leur confirmer cét heureux témoignage,
Disciples que IESVS fauorisé aujourd'huy,
Contez leur les ardeurs qu'estant aupres de luy
Vous sentiez aux accens de son diuin langage ;
Contez leur quel estoit son abord gracieux,
Quel l'éclat de son front, quel le feu de ses yeux
Qui brilloient a l'égal des plus viues estoiles ;
Et que ce pain fecond en miracles diuers
Vous seruit de Soleil pour dissiper les voiles
Dont jusqu'a ce moment vos yeux estoient couuerts.

LXXVII.

Mais pour les esclaircir de ce quils doibuent croire
En vain la Verité leur môntre son flambeau,
Ils vont tousjours chercher dans la nuit du tombeau
Celuy qu'vn nouueau jour fait éclater de gloire ;
Apostres, quelle erreur? ses miracles passez
Sont ils de vostre esprit comme vn songe effacez ?
Estimez vous si peu ses diuines promesses ?
Faut il que pour punir vostre incredulité,
Au lieu de la douceur de ses saintes caresses,
Vous sentiez les effets de sa seuerité?

LXXVIII.

Le voicy qui paroiſt, proſternez vous en terre,
C'eſt maintenant vn Dieu qui va vous accuſer,
Il penetre vos murs, mais ſans les diuiſer,
Ainſi que le rayon qui penetre le verre;
Ceſt celuy que la mort recognoiſt pour vainqueur,
Oſez vous bien douter quil liſe en voſtre cœur
L'injurieux oubly de ſa toute puiſſance?
D'vn juſte & ſaint effroy tremblez donc deſormais,
Mais non ne craignez point, adorez ſa clemence,
Car pour vous aſſeurer il vous donne ſa Paix.

LXXIX.

Apres ce riche don, écoutez ſa parole,
Allez prêcher, dit il, ma grandeur en tous lieux,
Deſtruiſez pour jamais les temples des Faux Dieux,
Eleuez mes autels de l'vn a l'autre Pole,
Triomphez en mon nom des cœurs des Nations,
Ie veux qu'auec la foy vos grandes actions
Leur façent reuerer le Createur du monde;
Les maux a voſtre voix receuront gueriſon,
Le Demon s'enfuira dans ſa grotte profonde,
Et les Serpens pour vous n'auront point de poiſon.

LXXX.

Ainsi parle IESVS a ceste troupe sainte,
Il l'enflame de zele, & puis comme vn éclair,
Laissant leurs yeux rauiz il disparoist en lair,
Son départ est suiuy d'vne amoureuse plainte ;
Apostres vous semblez estre plus que mortels,
Prés du throsne de Dieu les Seraphins sont tels
En regardant l'objet dont leur amour s'allume ;
Et vous allez plus qu'eux de palmes aquerir,
Ils brûlent, mais leur feu jamais ne les consume,
Et dans l'ardeur du vostre on vous verra mourir.

LXXXI.

Apostre, dont l'erreur en ce jour fauorable
Oze tenir pour faux ce que tu n'as point veu,
Ie te plains de te voir de foy si dépourueu,
Tu n'es que mal-heureux, & tu te rends coupable ;
Les autres de ton Dieu craignent de s'aprocher,
Et tu dis hardiment que tu voudrois toucher
De tes prophanes mains ses diuines blessures ;
Pour son crime, Seigneur, s'implore ta douceur,
Pourueu que dans la foy toy-mesme tu l'asseures,
Elle n'aura iamais vn plus grand deffenseur.

F

LXXXII.

Thomas, voicy ton Maistre a qui tout est possible,
Les Enfers ont receu son joug victorieux,
La mort est son esclaue; & son corps glorieux
Est maintenant agile, esclatant, impassible;
Luy-mesme vient guerir ton incredulité,
Considere ses pieds, ses mains & son costé,
Sy ton œuil ne suffit, mets tes doigts dans ses playes;
Est ce ainsi que ta foy juge de son pouuoir?
Pour ce que tu les vois tu crois qu'ellessont vrayes;
Heureux ceux qui croiront ce qu'ils ne pourront voir.

LXXXIII.

Et toy, chef des Pasteurs, Arbitre de l'Eglise,
Oracle des decrets de la Diuinité,
Pierre, dont le pouuoir qui n'est point limité
Ne fait rien icy bas que le Ciel n'authorise;
Lors que pour nostre bien cét honneur tu reçois,
Souffre que ton Saueur te demande trois foix
Si tu brûle pour luy d'vne immortelle flâme;
C'est vn puissant effet de son diuin amour;
Le peché, par la peur, triompha de ton ame,
Il veut qu'a l'aduenir ta foy regne a son tour.

LXXXIIII.

Il commet son Eglise a ta garde fidelle,
Le pouuoir qu'il te donne est l'image du sien,
Il s'vnit a ton cœur d'vn celeste lien,
Et te remplit pour nous d'vne flâme nouuelle,
Le Soleil dans son cours ne void rien de si grand
Que ceste authorité qui plus qu'homme te rend,
Et te met sur la teste vne auguste Couronne,
Les Rois, auec respect, s'abaissent deuant toy,
Dieu parle par ta voix, c'est par ta voix qu'il tonne,
Et combat les erreurs qui combattent la Foy.

LXXXV.

Te voicy donc IESVS, a la fin de ta course,
Ton sang, de ton amour est l'eternel témoin,
Ta charité, pour nous ne peut aller plus loing,
Remonte dans le Ciel vers ta diuine source,
Mais verse en nous quittant tes benedictions
Sur ces saints glorieux de qui les actions
Rempliront l'vniuers du bruit de tes merueilles,
Ton nom fera contr'eux naistre tant d'ennemis,
Qu'ils employront sans fruit leurs trauaux & leurs veilles
S'ils manquent du secours que tu leur as promis.

LXXXVI.

Apoſtres, qui pour luy ſouffrirez tant de peines,
Et toy qui vis former dans ton ſein bien heureux
Ce diuin Pelican dont le cœur genereux
Verſa pour ſes petits tout le ſang de ſes veines;
En vain par vos regards vous le ſuiuez aux Cieux,
Vn nuage éclatant le derobe a vos yeux,
Et tous les Cherubins le couurent de leurs aiſles;
Des-ja deſſous ſes pieds il void le Firmament,
Et le vaſte infiny des plages eternelles
Retentit d'alegreſſe a ſon auenement.

LXXXVII

Le char de ſon triomphe eſt ſa croix glorieuſe,
Elle reluit encor de l'adorable ſang
Que pour ſauuer le monde il verſa de ſon flanc
Lors qu'il ſouffrit des Iuifs la rage furieuſe;
Mille & mille Captifs d'eſtoilles couronnez
Sont a ce diuin Char pour jamais enchaiſnez,
Mais de chaiſnes d'amour dont les nœuds ils beniſſent;
Ils chantent les combats de leur Liberateur,
A cét heureux concert tous les Anges s'vniſſent,
Pour benir a l'enuy leur commun Createur.

LXXXVIII

IESVS en cét estat se presente a son Pere,
Dont le thróne eternel de gloire étincelant
Semble par ses regards deuenir tout brûlant,
Et tout enuironné du feu de sa cholere ;
Nostre arrest est écript dans son œuil irrité,
La foudre dans ses mains arme sa majesté,
Vne viue splendeur de rayons le couronne,
Iusqu'au fonds de l'abisme il lance ses regards,
Tout tremble deuant luy, le Ciel mesme s'estonne,
La menace & la mort volent de toutes parts.

LXXXIX.

Mon Pere, luy dit-il, si prenant ceste foudre
Tu juras en ton nom, d'vn serment solemnel,
De perdre les Humains qu'vn mépris criminel
Fit pécher en celuy que tu formas de poudre ;
Arreste la fureur de ton juste courroux,
En voyant sur mon corps les marques de ces cloux
Qui m'ont fait par ma mort expier leur offence ;
Vn Dieu pour leur salut sur la croix attaché,
Ne doit il pas d'vn Dieu d'estourner la vangeance,
Puis quil porte au lieu d'eux la peine du peché ?

XC.

Là finit le discours du Redempteur du monde,
Tout le Ciel retentit aux accens de sa voix,
Et le Pere eternel du Monarque des Rois
Fait reluire en ces mots sa sagesse profonde;
Ton sang, ô mon cher Fils, appaise ma fureur,
Les crimes des Humains qui me faisoient horreur
Sont assez reparez par ton grand sacrifice,
Ie ne puis resister a l'ardeur de tes vœux,
Et ta grace regnant au lieu de ma Iustice
Fera voir que tousjours je veux ce que tu veux.

XCI.

Ainsi, Dieu se laissa desarmer du tonnerre,
Ainsi se termina nostre captiuité,
Ainsi recommençea nostre felicité,
Ainsi se fit la paix du Ciel & de la Terre;
L'eternelle Sion nous reçoit dans son sein,
IESVS par ce chef-d'œuure accomplit son dessein,
Sa grace & son amour luisent sur nostre face;
Et ces sieges brillans d'immortelles clairtez,
Nous offrent pour jamais la glorieuse place
Que remplissoient jadis les Anges reuoltez.

XCII.

Fidelles, Quel bon-heur maintenant vous r'assemble,
En des langues de feu le saint esprit descend,
A son bruit merueilleux l'air s'esmeut & se fend,
Et sous vos pieds tremblans toute la terre tremble
C'est vn Esprit d'ardeur, de lumiere & d'amour,
Dans vos esprits confuz il porte vn nouueau jour,
Il vous remplis de Foy, de zele & de science,
Il dresse dans vos cœurs son thrône glorieux,
Il vous donne vn rayon de sa toute-puissance,
Et fait que dans le monde on vous prend pour des Dieux.

XCIII.

Ceux qui des bords du Tibre ou leur grandeur éclate,
Font par tout l'vniuers leurs armes retentir,
Ceux que le flot r'enferme en l'orgueilleuse Tyr,
Ceux que lauent le Nil, & le Gange, & l'Eufrate,
Ceux qui font leur rempart des eaux de l'Hellespont,
Ceux qui de leurs vaisseaux coturent la mer du Pont,
Et l'Arabe alteré qui boit l'eau de l'orage;
Toutes ces Nations pleines d'étonnement
Vous entendent parler chacune en son langage,
Et d'vn miracle vray font vn faux jugement.

XCIIII.

Voſtre inuincible amour, au milieu des ſuplices
Qu'inuentera pour vous la rage des Tyrans,
De mille Regions vous rendra Conquerans,
Et ſera des Faux Dieux ceſſer les ſacrifices;
Les corps a voſtre voix ſortiront des tombeaux,
Vous ferez des martyrs de vos propres bourreaux,
En receuant la mort vous donnerez la vie,
La Nature par vous verra changer ſes loix,
Et ceſte gloire en fin d'vn autre eſtant ſuyuie,
Sur douze thrônes d'or vous jugerez les Roys.

XCV.

Pilotes bien-heureux du Vaiſſeau de l'Egliſe,
Prenez donc en vos mains ſon timon glorieux,
En vain ces vents d'Enfer ces Demons furieux
S'efforcent d'empeſcher voſtre ſainte entrepriſe;
En vain ces puiſſans Roys des peuples adorez
Ces Aſtres des humains contre vous conjurez,
Du feu de leur courroux menacent voſtre teſte,
En vain la mer du monde eſcumante de flots
Conſpire a redoubler ceſte horrible tempeſte,
Et fait dans ſa fureur trembler vos mathelots.

XCVI.

I'aperçoy d'autres Vents, je voy d'autres Eftoiles,
Dont le foufle propice, & l'afpect gracieux,
Lors que de tous coftez la mort s'offre a vos yeux,
Vous fauuent des efcueils, & conduifent vos voiles;
La Grace deuant vous chaffe les Aquilons,
Elle comble des eaux les humides vallons,
Vous redonne le calme, & vous fert de Zephire;
La Foy, dont le flambeau dans vos ames reluit,
Eft le celefte Nort dont voftre faint nauire
Void tousjours la clairté dans l'ombre de la nuit.

XCVII.

Ce Peuple belliqueux que l'Vniuers admire,
Ces Roys des Nations, ces fuperbes Romains,
Qui paroiffent des Dieux au refte des humains,
Et des bornes du monde ont borné leur Empire;
En vous perfecutant vous auront pour vainqueurs,
IESVS par voftre mort regnera dans leurs cœurs,
Et leur infpirera le mépris de la Terre;
Des-ja l'Aigle pour vous adoucit fes regards,
Et bien-toft l'on verra les fucceffeurs de Pierre
Faire vn thrône facré du thrône des Cefars.

XCVIII.

Ce temps est arriué, l'effet suit ma parole,
Apres tant de trauaux, apres tant de combats,
Le Pasteur qui d'vn Dieu tient la place icy bas
Void flechir sous ses pieds lorgueil du Capitole;
Le Siege de l'Empire est celuy de la Foy,
Rome par l'Euangile asseruit a sa Loy,
Ceux qu'elle auoit domptez par l'effort de ses armes;
Son nom de qui le bruit fit trembler l'Vniuers,
Moins terrible aujourd'huy, n'a plus que de saints charmes
Qui portent son amour en cent Climats diuers.

XCIX.

Ainsi tousjours, Seigneur, l'Eglise militante
Esprouue en ses perils ton secours tout puissant,
Ainsi dans le grand jour du monde finissant,
Elle soit dans le Ciel a jamais triomphante;
Tu veux de ceste Reyne estre l'vnique espoux,
Sois donc de plus en plus de sa gloire jaloux;
Redouble tes faueurs, augmente ses couronnes,
Echauffe la pour toy d'vne immortelle ardeur,
Et que tes bras diuins soient les fermes colomnes
Dont l'adorable appuy soustienne sa grandeur.

F I N.

APPROBATION.
des Docteurs.

Nous soussignez Docteurs en la sacrée faculté de Theologie a Paris certifions auoir leu le liure intitulé, (*Poeme sur la vie de Iesus Christ,*) & n'y auoir rien trouué qui ne soit conforme a la verité de la Foy, & a la Sainteté des mœurs, & tres vtile pour exciter & enflammer les sentimens de deuotion dans les Esprits de ses Lecteurs fait a Paris ce 15. Feburier 1634.

A. DV VAL.   HABERT.

                                              LE MOYNE.

PRIVILEGE
DV ROY.

OVIS PAR LA GRACE DE DIEV ROY DE FRANCE ET DE NAVARRE, A nos amez & feaux Conseilliers les gens tenans nos cours de Parlemens Maistres des Requestes ordinaires de nostre Hostel, Baillifs, Senechaux, Preuosts leurs Lieutenans & tous autres nos Iusticiers & Officiers qu'il appartiendra, Salut : nostre cher & bien amé Iean Camusat Marchand Libraire Iuré en l'Vniuersité de Paris, nous a fait remonstrer qu'il luy a esté mis entre les mains vn escrit *(intitulé Poeme sur la vie de Iesus Christ,)* lequel il desireroit faire imprimer s'il nous plaisoit luy accorder nos Lettres de permission sur ce necessaires, humblement nous requerant icelles. A CES CAVSES, desirans gratifier ledit exposant, & apres auoir veu l'approbation des Docteurs de la faculté de Theologie de Paris, (*Nous luy auons permis & permettons par ces presentes,*) de faire imprimer, vendre & distribuer ledit Poeme en telle marge & en tels caracteres, & autant de fois qu'il verra bon estre pendant l'espace de vingt ans entiers a compter du iour qu'il sera acheué d'imprimer, pour la premiere fois faisant tres-expresses ses inhibitions à toutes personnes de quelque condition qu'elles soient, d'imprimer ou faire imprimer, vendre ny distribuer ledit Poeme en aucun lieu de nostre obeyssance durant ledit temps, sans le consentement dudit Camusat ou de ceux qui l'auront de luy soubs pretexte d'augmentation correction ou changement en quelque sorte & maniere que ce soit, ny mesmes d'en extraire aucune piece ou d'en contrefaire le tiltre & frontispice, a peine de quinze cens liures d'amende, appliquable vn tiers a nous, vn tiers a l'Hostel Dieu de Paris, & l'autre tiers audit exposant, de confiscation des exemplaires

contrefaits , & de tous defpens dommages & interefts . A condition
qu'il fera mis deux exemplaires dudit Pœme en noftre Bibliothecque pu-
blicque, auant que de les expofer en vente a peine de nulité des prefentes,
du contenu des-quelles moyennant ce, Nous vous mandons que vous
faciez jouyr plainement & paifiblement led. expofant & ceux qui auront
pouuoir de luy, fans qu'il leur foit donné aucun empefchement. Voulons
qu'en mettant au commencement ou à la fin de chacun defdirs exemplaires vn bref extrait des prefentes, elles foient tenus pour dëüement
fignifiées & que foy y foit adiouftée comme a loriginal, Mandons auffi
au premier noftre Huiffier ou Sergent, fur ce requis de faire pour l'execu-
tiond'iceluy tous exploits neceffaires fans demander aucune permiffion:
CAR tel eft noftre plaifir nonobftant clameur de haro Chartre norman-
de & autres lettres a ce contraires. DONNE' A Paris le XXI. jour de Feburier. L'an de grace mil fix cens trente quatre & de noftre regne le vingt-
quatriefme.

Par le Roy en fon Confeil.

LE COQ.

*Acheué d'imprimer pour la premiere fois, le 18. jour
de Mars 1634.*

9 782329 254678